LE RHINOCÉROS ET SA PEAU

Texte de Rudyard Kipling

traduit par Robert d'Humières et Louis Fabulet

illustré par Sébastien Pelon

Père Castor ■ Flammarion

ISBN : 978-2-0812-1188-9 – ISSN : 1768-2061

Or il y avait une fois,
dans une île déserte des bords de la mer Rouge,
un Parsi dont le bonnet reflétait les rayons du soleil
avec une splendeur-plus-qu'orientale.

Et ce Parsi vivait au bord de la mer Rouge
sans rien de plus que son bonnet et son couteau,
et un fourneau de cuisine,
de l'espèce à laquelle il ne faut jamais toucher.

Un jour il prit de la farine, de l'eau,
des raisins, du sucre, etc.,
et se confectionna un gâteau
qui avait deux pieds de large et trois d'épaisseur.

C'était positivement un comestible superlatif
(ça, c'est de la magie), et il le mit dans le four,
parce qu'on lui permettait à lui,
de se servir de ce four, et le fit cuire,
cuire jusqu'à ce qu'il fût à point et sentît bon.

Mais au moment où il allait le manger,
voici que descendit à la grève,
sortant des déserts Inhabités de l'Intérieur,
un Rhinocéros avec une corne sur le nez,
deux petits yeux de cochon et peu de manières.

En ce temps-là, la peau du rhinocéros
lui allait tout juste et collait partout.
Elle ne faisait de plis nulle part.
Il ressemblait tout à fait à un Rhinocéros d'arche de Noé,
mais en beaucoup plus gros, naturellement.
Tout de même, il n'avait déjà pas de manières,
pas plus qu'il n'a de manières aujourd'hui,
ni qu'il n'en aura jamais.

Il dit : « Quoi ! »
et le Parsi lâcha son gâteau
et grimpa jusqu'en haut d'un palmier,
vêtu seulement de son bonnet
d'où les rayons du soleil se reflétaient toujours
avec une splendeur-plus-qu'orientale.

Le Rhinocéros renversa le four,
et le gâteau roula sur le sable,
et le Rhinocéros l'empala sur la corne de son nez
et il le mangea, puis s'en alla en remuant la queue
et regagna les Déserts Désolés
et Totalement Inhabités de l'Intérieur,
qui touchent aux îles de Mazanderan, Socotora,
et aux Promontoires de l'Équinoxe Majeur.

Alors le Parsi descendit de son palmier,
remit le four sur pieds
et récita le *Sloka* suivant, lequel,
puisque vous ne le connaissez pas,
je vais avoir l'avantage de rapporter :

Toujours il en cuit
À l'imprudent qui
Chipe les biscuits
Par le Parsi cuits.

Ce qui voulait en dire bien plus long
que vous ne sauriez croire.
Pourquoi ?
Parce que, cinq semaines plus tard,
il y eut une vague de chaleur
dans la mer Rouge
et tout le monde ôta tous les habits
qu'il avait sur le dos.

Le Parsi ôta son bonnet ;
mais le Rhinocéros enleva sa peau
et la jeta sur son épaule
comme il descendait se baigner dans la mer.

Dans ce temps-là, elle se boutonnait par-dessous,
au moyen de trois boutons,
et ressemblait à un waterproof.

Il ne fit aucune remarque
au sujet du gâteau du Parsi,
parce qu'il l'avait tout mangé
et que jamais il n'a eu de manières,
ni n'en aura maintenant ou plus tard.

Il se mit à barboter dans l'eau
et à souffler des bulles par le nez.
Il avait laissé sa peau sur le bord.

Bientôt le Parsi arrive
et trouve la peau et sourit,
d'un sourire qui lui fit deux fois le tour de la figure.
Puis il dansa trois fois autour de la peau
et se frotta les mains.

Ensuite, il alla à son camp
et emplit son bonnet de gâteau,
car le Parsi ne mangeait jamais
autre chose que du gâteau
et ne balayait jamais son camp.

Il prit la peau, et il secoua la peau,
et il racla la peau,
et il l'incrusta de vieilles miettes sèches
de gâteau qui grattent
et de quelques raisins brûlés,
tant et tant qu'il y eut moyen.

Puis il remonta dans son palmier
et attendit que le Rhinocéros sortît de l'eau
et remît sa peau. Ce qu'il fit.
Il boutonna les trois boutons,
et ça le chatouilla comme des miettes dans un lit.

Alors, il voulut se gratter et ça devint pire ;
alors, il se coucha sur les sables
et se roula, se roula, se roula,
et chaque fois qu'il se roulait,
les miettes le démangeaient dix fois plus.
Alors, il courut au palmier
et se frotta, se frotta et se refrotta encore.

Il frotta tant et si fort
que sa peau fit un grand pli sur les épaules
et un autre pli dessous,
là où il y avait les boutons
(mais les boutons avaient sauté à force d'être frottés),
il fit d'autres plis tout autour des pattes.

Son humeur se gâta,
mais c'était bien égal aux miettes.
Elles restaient sous sa peau et le démangeaient très fort.

De sorte qu'il rentra chez lui très en colère
et se grattant tout du long ;
et depuis ce jour,
tous les rhinocéros ont la peau qui fait de grands plis,
et un mauvais caractère ;
tout ça, à cause des miettes qu'il y a dessous.

Mais le Parsi descendit de son palmier,
avec, sur la tête, son bonnet
d'où les rayons du soleil se reflétaient
avec une splendeur-plus-qu'orientale,
emballa le fourneau et s'en alla
dans la direction d'Orotavo, d'Amygdala,
des Hautes Prairies d'Anantarivo
et des Marais de Sonaput.

IME, Baume-les-Dames - 02-2008 - Dépôt légal : mars 2008
Éditions Flammarion, 87 quai Panhard et Levassor, 75647 Paris Cedex 13.
Loi n°49-956 du 16 juillet 1949 sur les publications destinées à la jeunesse